AF363664

VENTE DU JEUDI 16 DÉCEMBRE 1897

HOTEL DROUOT, SALLE N° 7

à deux heures

PORCELAINES & FAIENCES

ANCIENNES

BRONZES D'ART

OBJETS DIVERS

VITRINE MURALE

EXPOSITION PUBLIQUE

LE MERCREDI 15 DÉCEMBRE 1897

DE 1 HEURE 1/2 A 5 HEURES 1/2

COMMISSAIRE-PRISEUR	EXPERTS
Mᵉ PAUL CHEVALLIER	**MM. MANNHEIM**
10, rue Grange-Batelière, 10	7, rue Saint-Georges, 7

IMPRIMERIE DE L'ART

CONDITIONS DE LA VENTE

Elle sera faite au comptant.

Les acquéreurs paieront *cinq pour cent* en sus des adjudications.

L'exposition mettant le public à même de se rendre compte de l'état et de la nature des objets, il ne sera admis aucune réclamation une fois l'adjudication prononcée.

Paris. — Imp. de l'Art, E. MOREAU ET Cⁱᵒ, 41, rue de la Victoire.

DÉSIGNATION DES OBJETS

PORCELAINES DE SAXE

1 — Groupe en ancienne porcelaine de Saxe : Diane et Apollon ; derrière eux, deux amours et un buste d'homme contre lequel est appuyé le bouclier du dieu ; à leurs pieds, des chiens.

2 — Groupe en ancienne porcelaine de Saxe : Bergère enguirlandée de fleurs par un galant ; sur la terrasse, des brebis couchées.

3 — Deux figurines en ancienne porcelaine de Saxe : Jeune femme portant un manteau et une coiffure bordés de fourrures et personnage vêtu à l'orientale ; bases en bronze.

4 — Deux figurines en ancienne porcelaine de Saxe : l'Été et l'Hiver, sous les traits d'enfants assis sur de petits socles à quatre faces.

5 — Deux figurines en ancienne porcelaine de Saxe : l'Afrique et l'Amérique, sous les traits de personnages debout en portant les attributs

6 — Deux figurines en ancienne porcelaine de Saxe : l'Odorat et le Goût, figurés par de jeunes femmes debout ayant à leurs pieds des enfants tenant, l'un, une corne d'abondance pleine de fleurs, l'autre une aiguière.

7 — Singe enchaîné à un arbuste. Ancienne porcelaine de Saxe.

8 — Perruche décorée au naturel. Même porcelaine.

9 — Sucrier sur plateau fixe : le sucrier simule une grenade ; le plateau est décoré de fleurs et le marli en est ajouré. Porcelaine de Saxe.

10 — Écuelle avec son couvercle et son plateau en ancienne porcelaine de Saxe, couverte de fleurettes en relief ; anses dorées.

11 — Quatre pièces : tasse en ancienne porcelaine de Saxe, à décor d'oiseau ; plateau en porcelaine de Vienne, à décor de feuilles, et deux petites cuillers en porcelaine de Saxe.

12 — Vase cylindrique avec son couvercle en vieux Saxe : médaillons de paysages animés avec encadrements dorés.

13 — Groupe de trois guerriers en vieux Saxe.

14 — Figurine : la Justice. Saxe.

15 — Figurine de bacchant debout en ancienne porcelaine de Saxe.

16 — Cuiller, décor de fleurs. Ancienne porcelaine de Saxe.

17 — Petite cuiller en vieux Saxe, fleurs.

18 — Autre cuiller plus grande en vieux Saxe, fleurs.

19 — Petit étui cylindrique en vieux Saxe, fleurs.

20 — Petit présentoir, fleurs. Saxe.

21 — Plat long, Saxe, fleurs ; marli gaufré.

22 — Plat rond, Saxe, fleurs ; marli à gaufrures et nervures.

23 — Assiette, à décor de fleurs et insectes ; marli gaufré à vannerie. Saxe.

PORCELAINES   DIVERSES

24 — Deux tasses droites, pouvant se faire pendants, avec leurs soucoupes en ancienne porcelaine tendre de Sèvres, époque révolutionnaire ; fond gros bleu ; bordures de fleurs sur l'une, de rinceaux sur l'autre.

25 — Groupe en ancienne porcelaine tendre de Chelsea : Amours dénicheurs d'oiseaux.

26 — Petit broc en vieux Sèvres, pâte tendre ; décor à fleurs.

27 — Petit vase Médicis en vieux Sèvres, pâte tendre, fleurs.

28 — Pot à lait en vieux Sèvres, pâte dure; fleurettes.

29 — Pot à lait en vieux Sèvres, pâte dure ; guirlandes et quadrillés.

30 — Cabaret en ancienne porcelaine de Paris, du temps de

Louis XVI, fabrique du duc d'Angoulême, composé d'une théière, un pot à lait, un sucrier, un flacon à thé, un pot cylindrique avec couvercles, deux tasses, deux soucoupes, à décor de l'initiale *B* et de dorures, plus un verre gravé ; dans son écrin en cuir fauve doré du temps.

31 — Deux petits poêlons en ancienne porcelaine de Paris, fleurs.

32 — Salière à trois récipients, décor de fleurs. Boissette.

33 — Groupe à sujet galant : Adolescent offrant des fleurs à une femme assise au pied d'un arbre. Porcelaine d'Allemagne.

34 — Deux petits vases, sur bases carrées, en ancienne porcelaine de Furstenberg ; guirlandes de fleurs.

35 — Bras tenant un cœur et formant sifflet. Ancienne porcelaine de Frankenthal.

36 — Deux assiettes, décor de fleurs ; marli gaufré. Frankenthal.

37 — Deux petits socles, décor de fleurs. Frankenthal.

38 — Soupière avec son couvercle, fleurs et gaufrures. Ancienne porcelaine de Louisbourg.

39 — Corbeille ajourée, décor de fleurs. Ancienne porcelaine de Kloster-Veildorf.

40 — Corbeille ajourée avec plateau, décor bleu ; fleurs. Worcester.

41 — Petit pot à lait avec son couvercle. Ancienne porcelaine de Looschrecht; fleurs.

42 — Deux petits vases en ancienne porcelaine tendre de Mennecy, à bouquets de bronze et porcelaine, sur bases en ancienne porcelaine de Saxe.

43 — Bonbonnière en ancienne porcelaine tendre de Mennecy; fleurs.

44 — Étui cylindrique en ancienne porcelaine tendre de Mennecy.

45 — Petit pot à eau en ancienne porcelaine tendre de Chantilly : paysage animé, de style chinois.

46 — Petit bol en ancienne porcelaine tendre de Chantilly : haie fleurie, de style chinois. Monture en argent.

47 — Tasse et soucoupe côtelées en ancienne porcelaine tendre de Chantilly : haie fleurie, de style chinois.

48 — Six assiettes en ancienne porcelaine tendre de Chantilly, fleurs; marli gaufré.

49 — Vase-balustre plat en ancienne porcelaine tendre de Tournai : oiseau sur un arbuste.

50 — Petit flacon plat en ancienne porcelaine tendre de Tournai : paysages en camaïeu rose.

51 — Compotier triangulaire en ancienne porcelaine tendre de Tournai : paysage animé en camaïeu rose.

52 — Assiette creuse en ancienne porcelaine tendre de Tournai : fleurs polychromes.

53 — Service de table en ancienne porcelaine tendre de Tournai, à décor bleu de branches fleuries avec nervures gaufrées ; il comprend douze plats ronds, seize plats longs, vingt-six compotiers, deux légumiers, une soupière, deux sucriers, quatre plateaux, quatre saucières, cinq pots à crème, un moutardier, deux compotiers creux, cent huit assiettes plates, vingt-sept assiettes creuses, douze soucoupes ; en tout, deux cent vingt-deux pièces.

54 — Assiette octogone en ancienne porcelaine de Chine, famille rose, décor de fleurs et lambrequins.

FAIENCES

55 — Plaque en ancienne faïence de Faenza, à décor de mascaron chimérique, dauphins et rinceaux sur fond jaune d'ocre.

56 — Vase obconique et côtelé, sur piédouche, en ancienne faïence de Faenza, à décor de rinceaux en bleu et de mascarons chimériques émaillés jaune d'ocre sur fond blanc.

57 — Deux brocs de pharmacie en ancienne faïence de Castel-Durante, décor de fleurs et rinceaux sur fond bleu.

58 — Deux aiguières en ancienne terre vernissée marron d'Avignon. (*Collection Leroux.*)

59 — Broc en ancienne terre vernissée d'Avignon, à décor

de mascarons et rinceaux vernissés vert sur fond marron; couvercle à charnières.

60 — Deux assiettes, à bords contournés, en ancienne
faïence de Saint-Omer, à décor de bouquets en blanc sur
fond gros bleu.

61 — Grande cuiller en faïence du XVIIIe siècle, à décor de
fleurs et arbres taillés.

62 — Deux coupes de surtout en ancienne faïence allemande,
supportées par des tritons.

63 — Plat creux en faïence à reflets métalliques, à décor
d'armoiries et de rinceaux.

64 — Plat creux en ancienne faïence de Gubbio, décoré en
bleu et à reflets métalliques; au centre : saint Jérôme ; à
la chute : des fleurons.

65 — Deux cornets cylindriques en ancienne faïence de
Nevers, à décor de fleurs en blanc et ocre jaune sur fond
gros bleu; collerettes en bronze.

66 — Petit bassin rond en ancienne faïence de Nevers :
fleurs en ocre jaune et blanc sur fond gros bleu.

67 — Beurrier octogone avec son couvercle en ancienne
faïence de Delft, décor polychrome et or : paysages
animés au bord de la mer et quadrillés.

68 — Plat ovale en ancienne faïence d'Alcora : le Baptême
du Christ ; encadrement à rocailles, avec fronton à inscriptions espagnoles.

69 — Encrier en grès chinois, formé d'un petit vase avec couvercle entouré de trois personnages ; base en bronze doré.

70 — Coupe antique en terre vernissée, décorée sur les deux faces de personnages réservés en rouge sur fond noir.

71 — Plat creux en ancienne faïence de Rhodes, à décor de palmettes et d'imbrications.

72 — Coupe en grès du Japon, monture à quatre pieds et anses en argent doré.

73 — Courge en faïence flambée, montée sur un pied circulaire feuillagé en argent doré.

74-75 — Deux assiettes en ancienne faïence de Marseille : paysages animés.

76 — Paire de potiches, décor bleu : paysages, de style chinois. Ancienne faïence de Delft.

77 — Flacon, décor bleu ; fleurs. Delft.

78 — Service de table en ancienne faïence de Saint-Clément, décor de filets dorés.

79 — Vingt-quatre assiettes variées, à fleurettes, guirlandes, etc., en couleurs et dorure. Ancienne faïence de Saint-Clément.

80 — Service de table en faïence de Bock, de Luxembourg ; décor bleu de fleurettes.

81 — Assiette en ancienne faïence d'Aprey : oiseaux sur un arbuste.

82 — Deux assiettes en ancienne faïence de Rouen : vase de fleurs, corne d'abondance et réserve à paysage.

83 — Assiette en ancienne faïence de Rouen : corbeille de fleurs, marli à quadrillés et réserves contenant des crevettes.

84 — Deux assiettes : guirlandes de fleurs ; au centre, médaillon rond, à figures mythologiques. Faïence du Midi.

BRONZES

85 — Deux figurines en bronze, à patine brune : Hercule soutenant le monde et personnage grotesque. Travail allemand.

86 — Encrier en bronze doré, orné d'une figurine de joueur de flageolet en porcelaine d'Allemagne.

87 — Satyre agenouillé en bronze italien du xvie siècle.

88 — Figurine de personnage assis, en bronze ; base en marbre vert antique.

89 — Deux pièces : saint personnage debout en cuivre repoussé du xve siècle et fléau de balance en bronze.

90 — Petit groupe en bronze doré : Sujet galant sur socle plaqué de malachite.

91 — Médaillon en métal de cloche : Buste du pape Adrien VI.
XVIe siècle.

92 — Médaille en bronze doré : Louis XIII; au revers,
figurine allégorique de la Justice; par *Dupré*.

93 — Trois jetons des Pays-Bas en bronze du XVIIe siècle :
bustes de personnages.

94 — Médaillon ovale, d'après Jean Goujon : la Nymphe de
Fontainebleau.

OBJETS DIVERS

95 — Coffret gothique en fer découpé, avec anneaux de sus-
pension; la surface en est couverte d'un réseau à mailles
régulières; serrure à moraillon.

96 — Coffret à couvercle plat en ivoire, garni de pentures
en cuivre; moraillon en forme de main. XVIe siècle.

97 — Statuette en buis : Pluton debout, une main surélevée.
Travail allemand.

98 — Verre émaillé en couleurs : le Tueur de bestiaux ;
inscription allemande datée 1690. Travail allemand,
XVIIe siècle.

99 — Verre émaillé en grisaille : sujet de chasse ; inscription
allemande datée 1700. Travail allemand, XVIIe siècle.

100 — Cadre en buis ajouré et finement sculpté, à décor de

rinceaux, volutes, guirlandes de fleurs, avec mascaron et coquille à la partie supérieure. Époque Louis XIV.

101 — Petit bénitier Louis XV en buis sculpté, décor de rinceaux et têtes d'anges.

102 — Figurine en buis : saint Jean-Baptiste auprès de la croix. Flandres, xviiie siècle.

103 — Boîte contenant un buste en bas-relief de personnage. Buis sculpté.

104 — Deux moules en bois sculpté du xviiie siècle.

105 — Casse-noix en bois sculpté, orné d'une tête d'homme.

106 — Haut-relief sans fond en bois sculpté : Femme assise tenant un enfant. Flandres, xvie siècle.

107 — Haut-relief sans fond en chêne sculpté : le Portement de croix. xvie siècle.

108 — Deux colonnettes en bois sculpté et partiellement doré, enguirlandées de pampres. Italie, xviie siècle.

109 — Couteau de chasse à poignée d'acier, à décor de trophées et rinceaux ; lame en damas, fourreau garni d'acier. Époque Régence.

110 — Coffret en fer gravé à l'eau-forte : oiseaux et rinceaux. xvie siècle. *(Vente du Sartel.)*

111 — Deux pièces, ivoire : figurine de saint Sébastien et montre solaire.

112 — Chausse-pieds en corne gravée : sujet biblique et rinceaux. Travail flamand.

113 — Pièce de monnaie d'or aux effigies d'Albert et d'Élisabeth d'Autriche, de 1612.

114 — Double-écu de Brunswick en argent, date 1664.

115 — Deux doubles-écus à l'effigie de Ferdinand-Charles, archiduc d'Autriche. XVIIᵉ siècle.

116 — Écu de Brandebourg, de 1540.

117 — Quarante-deux boutons, dont douze en émail, les autres en porcelaine décorée de fleurs.

118 — Petit reliquaire-pendentif, en forme de poire, en argent doré, cristal de roche et grenats.

119 — Breloque ornée d'une peinture sous cristal de roche : personnages ; montée argent. XVIᵉ siècle.

120 — Deux boutons de couvercles en argent ajouré, simulant des fleurettes.

121 — Pendentif découpé en argent : le Baptême du Christ. Travail allemand.

122 — Petit flacon, en argent, en forme de panier. Travail allemand.

123 — Amulette en corail, enrichie de petites perles. Travail italien.

124 — Porte-feuille en brocart, à dessin d'armoiries et inscriptions. XVIIᵉ siècle.

125 — Sphère en cristal de roche montée en argent doré.

126 — Petit plateau en agate mamelonnée gravée de fleurs. Travail chinois.

127 — Étui porte-tablettes Louis XVI, décoré au vernis et garni en argent doré, orné d'un monogramme.

128 — Miniature ronde sur ivoire : la Gimblette ; montée sur une boîte en ivoire.

129 — Miniature ovale sur ivoire : Portrait de femme vêtue de bleu. Époque Louis XVI.

130 — Miniature sur vélin, de la fin du XVIIIe siècle : Jeune seigneur anglais en habit de chasse.

131 — Douze feuilles de plain-chant, manuscrit sur parchemin avec majuscules enluminées.

132 — Deux casiers pour médailles en mosaïque de cuir.

133 — Six porte-couteaux en argent, décor de quadrillés. Style Louis XV.

134 — Porte-couteau en argent, simulant un devant de foyer.

135 — Deux porte-menus, à chevalets en argent ; décor de feuillages.

136 — Rond de serviette en argent, à côtes torses.

137 — Deux porte-montres en argent ajouré, en forme de cassolettes.

138 — Deux boucles d'oreilles, l'une de forme carrée en argent ciselé et repercé à jour, de style Louis XVI ; l'autre en vermeil à trèfles et nœuds de rubans.

139 — Six boutons en argent ornés de pierres étamées imitant des roses.

140 — Six autres plus petits.

141 — Éventail Louis XV, à monture d'ivoire ajouré ; sur la feuille, cavaliers au bord d'une rivière.

142 — Éventail Louis XVI, à monture d'ivoire ajouré ; sur la feuille, sujet galant.

143 — Nécessaire, composé de six flacons de verre, un verre, un gobelet, un entonnoir et un petit plateau d'argent ; écrin en bois avec glace au fond du couvercle. Époque Louis XVI.

144 — Verre incolore à pans, décoré de ruines émaillées rose. XVIIIe siècle.

145 — Lot de verres à pied. (Sera divisé.)

146 — Deux pièces en laque rouge de Péking : jardinière ronde et socle à décor de fleurs.

147 — Petite boîte ronde en ivoire : paysages animés. XVIIIe siècle.

148 — Corbeille ajourée en argent. Travail hollandais.

149 — Quatre netzukés japonais en ivoire.

150 — Tapis de soie brochée, à fond bleu Louis XV.

151 — Pluvial de chape en brocart, à grosses fleurs.

152 — Vitrine murale en bois, vitrée de trois côtés, avec tablettes de glace.